"I den stora regrafen..."
Samlade noveller, dikter och monologer

Erica Törnqvist

Del 1: Monologerna

(29/7)

Det var ett misstag att bära katten.

Skärp dig – annars åker byxorna ned.

1. Skrivar-förvaltningen
2. Det jag gett mig ut och in på
3. Källsprånget
4. Först och se'n
5. Undergång

Skrivar-förvaltningen

Min förmåga att skriva är inte min. Jag förvaltar gåvan i skrivande stund. Liksom förvaltaren med två talenter, sätter jag gåvan i omlopp och är redo att framföra vad jag åstadkommit för Gud när han kommer tillbaka. Och när han gör det, tar han tillbaka vad som är hans, och tackar sin tjänare för hjälpen. Då har jag gjort allt han vill. Då är jag fri.

Det jag gett mig ut och in på

Vad har jag gett mig ut på? Alla sju
havens vågor störtar fram – och skvätter
ned hela mig. Jag saknar fotfäste och
halkar snart omkull, nu är jag ute på djupt
vatten! Att jag inte drunknar, jag börjar
redan vingla här på den hala stenen!

Men jag har ju inget att klaga på,
egentligen. Det enda "djupa vattnet" jag
är ute på är min språkutbildning på
universitetet. Och nej, jag håller inte på att
drunkna. Så länge jag åtminstone får hålla
i ett av hårstråna på min Herres – och min
Faders – huvud, *lär* jag inte drunkna
heller.

Källsprånget

Låt mig berätta om mitt källsprång. Om honom som ger mig det bröd jag behöver för dagen, om honom som har omsorg om mig och vill se mig le. Låt mig berätta om honom som har all makt i universum, om han som försörjer världen och har skapat den – låt mig berätta om Gud.

Nu var det klart.

Först och se'n

Jag måste bara få säga att jag tycker vi
lever i ett mycket intressant land –
Sverige.
Här stannar vi innan vi går vidare, vi
stiger upp innan vi går och lägger oss –
ibland svarar vi "ja" innan vi säger den
raka motsatsen. Innan vi stänger en bok,
så öppnar vi den. Ordning och reda,
pengar på freda' brukar vi säga – apropå
att vi gör det ena innan det andra.

Innan vi lämnar denna jord, så föds vi,
men efter att vi gått från detta liv, kommer
vi till ett helt annat.

Undergång

Så här var det, jag hade precis slagit upp mitt stora tält i dalen mitt emellan två berg. Det blåste väldigt kraftigt och tältet omskakades som ett paket juice av vinden.
Själv beskådade jag denna scen och log: det här tältet kunde minsann inte lossna!

Det lossnade. Jag, som litade till min egen kraft, började beklaga mig; allting var kört.

Vinden hade tagit tag i mitt mycket proffsigt uppsatta mästerverk. Det skall vara jag, förstås, som upplever det här. Så går det tydligen, om man är en olydig kung för massor av sekler sedan.

Del 2: Novellerna

Förvaltarna

VD:n för ett världsomspännande företag skulle resa bort en längre tid för att starta samarbete med ett större bolag längre bort. Han fördelade sina pengar bland sina miljarder anställda; de skulle alla förvalta pengarna tills VD:n kom tillbaka igen. VD:n delade upp pengarna efter var och ens behov, på företaget Tellusförvaltningen. Fokus i denna berättelse kommer läggas på tre av alla anställda i företaget.

En fick en miljard kronor, en annan fick en halv miljard och en tredje fick en miljon att förvalta – också dessa personers behov tog VD:n hänsyn till när han fördelade pengarna.

Den första anställda – hon som fick en miljard – satte genast pengarna i omlopp, genom välgörenhetsaffärer av olika slag, i samarbete med andra avdelningar på Tellusförvaltningen – avdelningar i andra länder.

Likaså satte han som hade fått en halv miljard kronor genast pengarna i omlopp. Han gjorde på samma sätt som den anställda som hade en miljard kronor, fast han stannade kvar i landet han kom ifrån, och förvaltade.

Den tredje anställde fick svår prestationsångest. Han stod nu med en miljon kronor som han skulle förvalta. Han hade aldrig haft så mycket pengar att handskas med förut, därför grävde han ner miljonen i sin trädgårdsrabatt, struntade totalt i dessa pengar och tog ledigt.

Efter en längre tid kom VD:n för Tellusförvaltningen tillbaka igen, och krävde redovisning av alla sina anställda. Genast gick den anställde med miljonen och grävde upp pengarna för att ge tillbaka dem till VD:n. Under tiden redovisade den anställda som hade fått en miljard att förvalta, och det visade sig att hon nu hade två miljarder. Också den anställde som hade fått en halv miljard att förvalta redovisade; han hade nu tjänat en halv miljard till. Dessa två gav nu pengarna till VD:n, sedan blev de befordrade och fick komma till det bolag där VD:n hade varit under denna långa tid. De delade glädjen, med de andra som också hade kommit dit, och behövde knappt arbeta alls.

Nu kom den tredje med miljonen och förklarade allt för VD:n.
"Du var då en ärans lathög!" utbrast VD:n. "Fattar du inte att du åtminstone kunde sätta in mina pengar på banken så att jag kunde få ut dem med ränta när jag kom?"
Denne anställd blev fråntagen sin miljon, fick sparken och sysselsatte sig sedan med att gråtandes skära tänder. Miljonen tilldelades den anställda som hade två miljarder vid redovisningen; hon fick miljonen i form av en bonus.

Slut.

Allt är ett

Händerna och ögonen stod i en klunga och hängde. De var väldigt stolta över sig själva – de var så otroligt viktiga i sitt lilla samhälle och alla hade respekt för dem. De stod nu i en klunga och berättade för varandra vad de hade sett och gjort under dagen. Då hoppade fötter och öron förbi; de suckade för sig själva.

"Om jag ändå hade varit en hand", sa en av fötterna.

Ett av öronen höll med:

"Jag hade gärna förlorat min hörsel om jag fick vara ett öga."

Fötterna och öronen var mycket avundsjuka på händerna och ögonen. De visste att fördelarna vägde mer än nackdelarna, när det gällde att vara just händer och ögon:

"Ögonen hör visserligen ingenting, men de får ju se så mycket" tyckte vart och ett av öronen.

"Händerna kan visserligen inte gå ordentligt" ansåg fötterna, "men de kan ju göra så mycket med sina fingrar!"

Om sanningen skall fram, så var det inte heller lika enkelt för ögonen. De hade ju aldrig hört en fågel sjunga – bara sett näbben öppnas och stängas i en regelbunden takt.

Inte heller händerna var helt fria från något att klaga på; vad mycket de hade sluppit göra om de vore fötter istället. Dessutom var händerna födda både döva och blinda – det enda *sinnet* de hade att gå efter var fingertopparna.

Likadant var det med ögonen – om än nästan tvärtom – de var för ömtåliga för att ens rulla omkring på marken. Deras nätter tillbringades därför alltid i koksaltlösning.

Alla dessa lemmars syn på livet skulle dock snart få en avgörande förändring.

En dag hade en professor tagit fram ett helt nytt arbetssätt, som tillät både två fötter, två händer, två ögon och två öron att arbeta i en enda grupp. Arbetssättet accepterades att åtminstone bli prövat, då professorn själv var ett levande bevis på

att åtminstone halva arbetssättet skulle
fungera. Han var ett huvud, och ägde
redan två ögon som satt fast i ansiktet.
Han hade också ett par öron som satt på
varsin sida, lite avskilt från ansiktet.
Än så länge var professorn bara ett
huvud, men han kunde både se och höra.
Om han dessutom skulle anställa ett par
händer och ett par fötter som kunde bära
fram på hans arbete skulle hans företag
vara fullt fungerande.

Lemmarnas världsbild förändrades totalt
när de anställdes. Ingen var avundsjuk på
den andra, alla hjälpte varandra och var
och en kände nu på riktigt att de
behövdes. Så gick det till, när vår tids
moderna kropp började formas.

Fel lära

Det var en gång en flitig student vid Göteborgs universitet. Den flitiga studenten läste filosofi, och hade bland de bästa studieresultaten i sin årskull. Varje dag väntade nya saker att lära sig; allt sjönk in i den flitiga studentens huvud på en gång, och på nätterna drömde hon om allt hon hade lärt sig.

Många på institutionen var avundsjuka på den flitiga studenten, och jag skall för dig berätta om en av de saker hennes fiender gjorde för att få sitt offer på fall.

Det var en vanlig dag i den flitiga studentens temporära liv på universitetet, och allt gick henne väl – precis som det skulle.
När hon kom hem igen, efter en lärorik och lång skoldag, fann hon att hon hade fått post. Avsändaren var Göteborgs universitet. Det här var inget konstigt för den flitiga studenten; hon var inne på sin näst sista termin i studierna och hade fått

många erbjudanden om stipendier av olika slag för sin höga prestationsförmåga sedan efter första terminen.

Hon blev nyfiken, samtidigt som hon inte förväntade sig något speciellt – hon såg alltid på sitt lärosäte med stor ödmjukhet. Hon öppnade och läste: det var en anklagelse för fusk.

Vittnesmålen stämde, om man skulle tro vittnena själva. Den flitiga studenten hade setts av sina studiekamrater hur hon tagit fram små *fusklappar* när det var tentamensskrivning. Hon var avslöjad. Nu satt hon inne på rektorns kontor, dit hon hade blivit kallad för att försvara sig. Rektorn var ursinnig, han hade många gånger hört om den flitiga studentens topprestationer och följt henne under hela hennes studiegång hittills.

"Detta är absolut oacceptabelt! Det är otroligt pinsamt att ha antagit en student med ditt beteende, vårt rykte kan komma att falla i smutsen på grund av vad du har gjort!" skrek han. "Snälla, säg att det här inte är sant."

Den flitiga studenten satt tyst en stund,
sedan sa hon:
"Vet du hur det skulle gå om alla
studenter på institutionen anklagades på
det här sättet?"
Rektorn skakade på huvudet.
"Tänk på det" sa den flitiga studenten. Av
någon anledning behövdes inte mer än så
bli sagt. Det kom upp för ögonen på
rektorn hur det hela gick till: avundsjuka
föder händelser som denna, och den
flitiga studenten hade inte gjort något
annat än att plugga – och göra sig förtjänt
av sin titel i denna berättelse genom hårt
arbete med studierna.
Men ännu har jag inte berättat för dig hur
hon kunde lyckas med alla sina topp-
resultat; vi talar i det här sammanhanget
om näst intill övermänskliga resultat,
omöjliga att uppnå av egen kraft.
Han som hjälpte den flitiga studenten
hade också skapat henne. Liksom rektorn
och alla andra studenter, hade han också
givit den flitiga studenten kraft att uppnå
allt detta. Och hans namn är *Han som Är*,
vår Herre och Gud.

Detta faktum spreds som en löpeld på hela institutionen, och även på andra institutioner, i samma veva som den flitiga studentens fiender blev avslöjade för sina falska anklagelser.

Störst

Två män gick till en kyrklokal för att be. Den ene var pensionerad elitlöpare och nu yrkesverksam tränare för löpare på elitnivå. Den andre var motionär och hade precis sprungit klart en väldigt misslyckad runda.

Elittränaren lyfte stolt på näsan och tackade Gud för sin mycket tillfreds-ställande karriär, och för att han inte var som motionären – svettig, sjaskig, innehavande ohyfsad kondition och totalt okvalificerad för elitlöpning. Återigen prisade elittränaren stolt Gud (och sig själv, förresten) för det liv han hade. Motionären vågade knappt lyfta blicken, där han stod och hämtade andan. Det hade gått ett halvår sedan hans senaste löprunda, och umgåtts med Gud hade han, till skillnad från elittränaren, inte gjort på minst lika länge. Nu blev han fylld av sitt dåliga självförtroende, och sa till sig själv: *"Gud struntar nog i mig, eftersom jag är så oduglig som kristen."*

Gud satt och lyssnade på de två männen. Han hörde elittränarens skrytande och lade pannan i rynkor djupare än Röda havet. Faktum är att Gud inte brydde sig ett smack om vad elittränaren hade åstadkommit det senaste halvåret.
Han hörde motionärens mumlande, och lyssnade till vartenda ord med stort intresse. Samtidigt bar han på en bubblande längtan efter att göra allting nytt.

Under tiden låg två byggnader och ett berg och kivades med varandra. De två byggnaderna hette Globen och Friends Arena, de låg i Stockholm. Berget hette Liseberg och låg i Göteborg.
Berget skrek ut sin storhet därifrån. Båda byggnaderna och Liseberg var stora faciliteter, men de kunde inte komma överens med varandra om vem som var störst.

Plötsligt hördes något som påminde om ett åskknall: allting började skaka som av en jordbävning.

Elitttränaren sprang iväg, när motionären
började känna en otrolig, obeskrivlig frid.
Himlarna och jorden hade jordbävning.
Det var Herren själv som höjt rösten för
förändring.

Byggnaderna och Liseberg jämnades med
marken, elittränaren gick dit ingen
rättfärdig kan komma, och motionären
togs upp i Herrens härlighet och räknades
till de rättfärdiga.

Lärdom

Den kloke mannen var ute i öknen. Han
hade vant sig vid värmen, då han hade
varit där ute under en längre tid. Han
hade knappt druckit någonting på flera
veckor, trots detta kände han ingen
utmattning: i ryggsäcken hade han packat
med sig ett rejält förråd med vatten, och
dessutom saltade kex och salta oliver – för
att hålla törst, hunger *och* utmattning
borta. Den kloke mannen gjorde verkligen
skäl för sin titel i denna berättelse; han
hade en fil. kand i ett ämne som ingen
människa – inte ens författaren själv –
hade någon uppfattning om. Han var
dessutom en färdigutbildad och
yrkesverksam jurist vid Högsta
Domstolen.

I samma värld bodde en pensionerad
sophämtare, med sin lika pensionerade
hustru på ett säkert avstånd. Efter att ha
friställts och pensionerats bestämde sig
den pensionerade sophämtaren för att
aldrig mer sticka näsan i andra

människors avfall igen, och han bodde på vinden för att slippa höra sin fru gny. Han satt där, med lugn och ro omkring sig i sin fåtölj, med en enda brödbit om dagen till föda – och sällskap också förresten. Han trivdes bättre med en liten gnutta mat och lugn än med mängder av festmat och tjo och tjim. Därför tillät han så sällan som möjligt att det var fest hemma hos honom och hans fru.

Den pensionerade sophämtaren hade ingen formell utbildning, han började som lärling hos en sophämtare vid femton års ålder och från arton års ålder var han yrkesverksam sophämtare. Nu var han närmare sjuttio, och ansåg sig inte ha något kvar att lära. Men han fick istället höra sin fru gräla på honom för hans lathet, och i sin ostörda ensamhet tänkte han ofta: *"Man skall alltid få någon skit här i livet..."*

Den kloke mannen rätade på sig, med den tunga packningen på ryggen, och tog sig hemåt med ett mycket vant orienterande intellekt. Sommaren höll på att gå mot sitt

slut, och det var dags att komma tillbaka
till civilisationen och arbetet. Den kloke
mannen hade inte bara varit ute i öknen
länge, han hade varit där flera gånger
innan också, och hade på äldre dagar lärt
sig ett och annat om det vilda klimatet på
torr mark. Han hade en mycket ilsken och
grälsjuk hustru och ansåg det bättre att bo
ute i öknen än att bo hemma – med allt
man behöver inom behagligt räckhåll –
och en obehaglig hustru.

Konstigt nog börjar vi närma oss slutet på
denna berättelse. Men egentligen återstår
inget märkvärdigare att berätta; den kloke
mannen kom tillbaka till sitt arbete som
jurist, med en ännu brinnande längtan
efter lärdom, den pensionerade sop-
hämtaren satt kvar i sin fåtölj – och
började så småningom att själv likna en
soppåse.
Men vad hade den pensionerade
sophämtaren gemensamt med den kloke
mannen? Jo, han var ett objekt för den
kloke mannen och ett levande exempel på
vad som hända kan, om man tappar

lusten att kunskapsmässigt utvecklas.

Stor rikedom

Det var en gång en rik man, som ärade
riket med allt han hade och levde ett gott
liv tillsammans med alla sina vänner.
I samma rike bodde en fattig man, han
hade ingenting att komma med och ägde
knappt något mer än sina egna kläder.

Den rike mannen var omtyckt, och
hälsades av alla vart han gick, och alla
älskade vad han gjorde.
Den fattige mannen fick aldrig någon
ögonkontakt.

Den rike mannen reste varje dag ut i riket
och undervisade på ett passionerat sätt
som alla gillade. Han var examinerad
doktor och hade fortsatt på samma spår i
sin forskning.
Den fattige mannen var inte ansedd för
någonting.

Men vad gjorde den fattige mannen fattig?
Vad gjorde den rike mannen rik?
Inte var det ekonomiskt oberoende eller
avsaknad av pengar. Läsaren kan sluta

oroa sig när det gäller den fattige mannen;
det var bara hans rykte som skalade av
honom hans ägodelar, hans dåliga
anseende fick bara folk att tro att han inte
ägde någonting, men han var rik i fråga
om pengar.
Inte heller bör läsaren oroa sig för den rike
mannen. Han var rik, och klarade sig bra.
Men det som skaffade honom verklig
rikedom var att den rike mannen, alltså
han själv, var älskad av folket.

Ty gott rykte är mer värt än stor rikedom,
aktning bättre än silver och guld.

Författaren

Vem har givit människan munnen, och förmågan att tala? Med denna berättelse, skall jag försöka para ihop frågan med ett svar.

Det var en man, som varken kunde tala eller höra – han var döv. Däremot skrev han otroligt bra; ett stort antal höga chefer och presidenter hade genom åren anlitat den här mannen, som retsamt kallades för *"blindstyret"*. Det var inte det att han hade dålig syn, men eftersom han varken kunde tala eller höra, ansågs han inte ha något begrepp om den yttre världen. De människor som kallade honom för "blindstyret" bortsåg naturligtvis från hans fantastiska skrivarförmåga, så låt oss i detta sammanhang kalla honom *"författaren"*.

Författaren hade ett förhållande till samtiden som inte liknade något annat. Hans enda sätt att få något sagt var att skriva, men han gjorde det så bra och mångsidigt, att texterna var lika lämpliga

att läsa för alla, från landets högsta chef
till det barn vars läskunskaper precis blivit
till i lågstadieklassen. Och han skrev tal
till chefer och konsulter av olika slag, som
dessförinnan skrivit till honom och angivit
ett ämne.

Det var en vanlig dag för författaren. Han
satt och skrev ett manusförslag, faktiskt,
till en kulturarbetare som var den första i
sitt yrke att anlita författaren.
Författaren satt nu och stretchade
handlederna. Manusförslaget till
kulturarbetaren var färdigskrivet och klart
att överlämnas. Författaren gick till
teatern, där kulturarbetaren fanns, och
mötte henne där. Men vad hon inte visste
var, att författaren visst kunde tala.
Hörseln var det heller inget fel på, men då
hade han ändå varit döv sedan födseln.
På endast en timme, hade tungan lösts och
öronen slagit upp sina slutna dörrar.
Författaren räckte över manusförslaget,
och öppnade munnen. I alla dessa år hade
en massa människor varit hans röst, och
läsning varit enda sättet för honom att få

till sig information. Men nu, sedan ett par timmar tillbaka, var författaren som alla människor, fortfarande med sin fantastiska skrivarförmåga kvar, och anledningen till att kalla honom för "blindstyre" var borta. Allt detta, tack vare Gud, alltings skapare och alla människors läkare.

"Kyrka"

Det var en gång en kyrka som visade prov
på högsta flum. Denna kyrka vände upp
och ner på hela den kristna läran och läste
sin bibel baklänges. Låt oss kalla denna
kyrka för Svenska Världskyrkan.

Svenska Världskyrkan öppnade alltid
sista bladet när det var dags för
bibelläsning. Det gjorde den också denna
dag, när det dessutom var hög stormässa.
Gåvorna utdelades, folk drack lite bröd
och åt lite vin ur bägaren. Församlingen
gick sedan på taket och satte sig, var och
en på sitt eget bord.
Det var kaos i denna kyrka, men det
värsta var att ingen trodde på den enda
Vägen. Istället för att peka på Jesus,
öppnade Svenska Världskyrkan för en
massa andra vägar till evigt liv. Detta,
förövrigt, var det som vände Svenska
Världskyrkan åt fel håll.

Medmänsklighet

Hunden Sjycke vinkar med sina tassar;
-säg, varför gör han det?
Hunden Sjycke vinkar med sina tassar
-säg, vad vill han?

Varför står Sjycke på bakbena',
säg mig, varför
vinkar han med sina tassar?

Frågan kräver ett svar,
och detta hittar vi,
i berättelsen som följer:

En sprallig person till lyckligt nybliven
hundägare, skuttade in i hallen. Fylld av
förväntan och glädje inför de många
fantastiska år som väntade med familjens
nya medlem, gick han till sin fru i köket,
och visade upp buren. Där satt Sjycke.
Han viftade på svansen då han känt av
den positiva stämningen i rummet. Han
skulle heta Sjycke, eftersom barnens
förslag med namnet "Sjysst jycke" var lite
för objektivt.
Sjycke släpptes ut på golvet, och

undersökte glad i hågen sin nya bostad.

Men det var något med Sjycke som skilde honom från andra hundar; inte minst tonårsbarnen noterade flera gånger att Sjycke vinkade med sina tassar på ett väldigt roligt sätt. Det var inte det att tonårsbarnen bara sett hundar göra så på TV- och diverse videoinspelningar, men när Sjycke vinkade, gjorde han det som för att trumma takten till någon melodi.
Till slut – efter att länge varit misstänksamma mot Sjyckes fenomen – gick hela familjen till en av Sveriges mest skickliga hundpsykologer, den här gången till henne som tittar in igenom hundens öra, skymtar hjärnan och ser vad hunden tänker.

De kom in med Sjycke, hundpsykologen kikade in i örat och häpnade; Sjycke hade ett minne som nog ingen vanlig hund i hela världen någonsin skulle haft. Han besatt ett vittnesmål, då han hade sett två aktiehandlare i bråk med varandra som slutade med att den ene blev nerslagen av

35

den andre och dumpad där han låg. Efter
det gick tre personer förbi den nerslagne
aktiehandlaren; först gick direktören för
ett stort mjölkbolag förbi med en vit
mustasch på överläppen. Efter det kom en
professor i omöjligt byggda bostäder förbi.
Sedan såg Sjycke en till figur stryka fram;
han var korvkioskhandlare, och när han
såg den nerslagne aktiehandlaren, fylldes
ögonen med tårar. Korvkioskhandlaren
satte sig på huk bredvid den reslagne
aktiehandlaren, och upptäckte en allvarlig
skada i aktiehandlarens huvud. Korv-
kioskhandlaren bar bort den nerslagne
aktiehandlaren, antagligen till ett sjukhus
för vård.

Hunden Sjycke vinkar med sina tassar.
Nu vet vi varför,
och nu är berättelsen slut.

Flax-röst

En mycket fågelintresserad person skulle rösta om årets svenska nationalfågel. Visst älskade han alla bofinkar – och bofink såsom fågelart – domherren, rödhaken, blåmesen och naturligtvis koltrasten. Han hette Roy och ägde åtta aktiebolag.

Om det var något som Roy verkligen ville, så var det att lära sig ännu mer om fåglar, han intresserade sig mest för koltrasten, så här vid tiden för val av Sveriges nationalfågel. Roy älskade koltrastens läte, och kunde sitta och lyssna på det i timmar – från tidig morgon till sent på kvällen – många av hans kulturintresserade kollegor skulle hellre vilja ta med honom på konserter av olika slag, men det toppade inte Roys största intresse. Han lyssnade mycket hellre på en koltrast. Vi skall återkomma till Roy lite senare.

Juryn satt och rynkade sina öron när de tänkte. De hade redan fått in massor av röster, de flesta på koltrasten. Det blev snart klart att koltrasten hade vunnit och

alltså skulle bli Sveriges nationalfågel.
Juryn tackade för sig och gick hem.

Roy gick längs med grusgången vid
Heden, och kikade upp på träden. Idag
skulle han kolla upp resultatet av
röstningen. Roy var spänd inför detta.
Han skulle bli så glad om hans
favoritfågel hade blivit vald, det skulle
innebära att det fanns fler som älskade
koltrasten. Han svängde in vid kiosken
och köpte en tidning. Vad han läste fick
honom att hoppa högt.

Detta var berättelsen om Roy, den
fågelintresserade mannen med åtta
aktiebolag som aldrig kunde sluta tjata om
fåglar. Men här återstår bara en sak att
avslöja, nämligen att Roy aldrig röstade.
Han var istället en del av det mörkertal
som tyckte någonting men aldrig gav
uttryck för det. Men han var glad ändå,
för att han fick rätt i vilken fågel som
skulle vinna, och kunde nu höra mer av
koltrastens läte än någonsin.

En enhet

Det var en gång en kyrka som levde i
stöora samhörighet och gemenskap. Massor
av människor besökte dagligen denna
kyrka, för att få ta del av den
gemenskapen; där fanns personer som
aldrig fick någon att känna sig ensam.

En dag hade denna kyrka av gemenskap
och enhet drabbats av något man aldrig
kunnat förvänta sig av den i dess, totalt
sett, goda sammanhang. En otroligt viktig
person hade gått ur tiden, och fanns inte
längre bland människorna där.
Kyrkan befann sig i en svår chock. Dess
sorg gick inte att beskriva eller jämföra
med något annat den råkat ut för tidigare.
Chocken var som den djupaste sjö, där
inget tecken på liv syns till och således
ingen livsglädje kunde finnas av en enda
människa. Och ovan denna chock låg
sorgen – som för att fylla dess sjö med
ännu mer vatten, och låta allt ont sjunka
ännu närmre botten.

Fler och fler blev besvikna på kyrkan:
"Håller inte ens er gemenskap för en som
gått ur det här livet?" frågade man.
Men det kyrkan ännu inte hade avslöjat,
var den vetskap att den förlorade lemmen
inte fattades på något djupare plan. Själen
hade gått upp till en större gemenskap, en
som är helt omöjlig att finna en exakt
kopia på i den tid vi lever nu.

Detta var kyrkans glädje, mitt i det de
hade att vara ledsna över; inte att en
människa hade dött, men att hon hade
gått från det jordiska livet till det
himmelska livet. Där fanns hon nu, och
gör det än idag, där hon ber för sina
vänner, och lägger ett gott ord för dem
hos härlighetens Gud.

Vägen till friheten

Det var en gång två dagisbarn som ville
ha ut något mer av livet än de långa,
sömniga dagar innanför stängslet och
låsta ytterdörrar. Ingen – speciellt inte de
själva – visste var de fått denna gnagande
längtan ifrån. Ingen på förskolan visste
heller att de två barnen längtade så
mycket. Deras längtan var som när man
hade varit ute på gården i flera timmar,
och hunnit bli jättehungrig vid lunchtid.
Sedan får man komma in, och hör magen
kurra ännu högre.
Men de två barnens "hunger" hade tagits
till en helt ny nivå. De längtade på ett sätt
som inte anstår en när man är fyra år. De
två barnen hade aldrig begärt guld eller
silver av någon. Det ville de inte ha heller.
De ville ha en Jaguar. Och de visste precis
vad de skulle göra. Börja gräva.

Det var dags att gå ut igen, och de två
barnen smög bort till andra sidan huset
och tog två stora spadar som stod där
varje gång de var ute. Spadarna var tunga,

men skulle hjälpa desto mer om de två barnen ville kunna få plats att krypa igenom gången.

De två barnen grävde så att de fick tjocka valkar på händerna, men de gav inte upp. Till slut hade de grävt ett hål, som började på ena sidan stängslet och slutade på andra sidan med en kopia av sig självt. Däremellan fanns nu en rymlig tunnel som var de två barnens nyckel till frihet. De senaste dagarna hade bara det här varit aktuellt för de två barnen: de bekymrade sig inte längre för kläder eller äcklig mat. Ibland bekymrade de sig så litet att de hade gått till dagis utan kläder, om inte deras föräldrar hade dragit på tröja och hängslen innan de två barnen gick igenom ytterdörren hemma.

Barnen var fria. De kom smidigt igenom hålet och ut från anläggningen. Det som hade förvånat dem mest var att de aldrig blev misstänkta eller avslöjade av någon – och hålet de grävde låg ändå på en öppen plats, inte bakom en buske eller något

liknande. En förståndig vuxen hade
upptäckt detta med en gång, speciellt med
tanke på att barnen förde ett himla oväsen
när de släpade spararna över asfalten.
Dessutom gick det förvånansvärt fort att
gräva – spadarna var tunga och det var
väldigt ansträngande för de två barnen.
Men återigen, här fanns det inget att oroa
sig för!

Vägen var både lång och bred, där de två
barnen stod, på korsningen. De gick mot
bilaffären, som låg rakt fram vid en
korsning lite längre bort, då de hade sett
en ståtlig bil bland visningsexemplaren;
en silverfärgad, graciös Jaguar.

När de hade kommit fram, stod de
framför den stora bilen och gapade; de
stod så nära att det kom imma på bilen av
deras andetag.
En i personalen på bilhandeln kom fram
och frågade om han kunde stå till tjänst
med något.
"Vi vill köpa den!" ropade de två barnen
unisont.

"Är ni säkra på det?" undrade personalen,
"Den kostar väldigt mycket. Har ni era
föräldrar här?"
"Nej, de är på jobbet", sa ett av barnen.
"Vi rymde från dagis för att få köpa den
här bilen, men sen kom vi på att vi inte
har några pengar."

Polisen tillkallades och anlände sedan för
att hämta barnen – vilket de också gjorde.
Sedan fick chefen på barnens dagis
sparken.

*Vilket är nu mitt budskap med denna
berättelse? Jo, var nöjd med det goda du har
här i livet. De två barnen strävade efter en
egen bil, idag är de nöjda med att ha stått nära
en. Bekymra dig inte för vardagens små, men
ack så stora, frågor om mat och kläder.
Morgondagen kan få släpa omkring själv på
alla sina bekymmer.*

*Följaktligen kvarstår faktum: ett är
nödvändigt.*

Ett grumligt öga

Det var en gång en kalv gjord av rent guld. Guldkalven hette Dugg och hade tillverkats av guldringar. Han var ett samlingsobjekt för många människor som dyrkade honom och hade varsin kopia av den mycket avancerat tillverkade guldkalven. Ingen visste dock vem som hade originalet – inte ens han som *hade* originalet.

En gång hände det sig att Duggs ägare gick till en antikvarie för att försöka få honom såld; ägaren var övertygad om att Dugg bara var ännu en kopia av den riktiga guldkalven, och det var ingen idé att ha kvar honom.

Sagt och gjort. Ägaren öppnade dörren till antikvariatet och gick fram till disken med Dugg.
Antikvarien gjorde stora ögon och såg på guldkalvens ägare med stor förvåning.
"Är det säkert att du vill sälja den här?"

frågade antikvarien.

Det hade precis slagit guldkalvens ägare att det inte går att få en kopia såld på ett ställe som det här. Han var i full färd med att säga detta till antikvarien och be om ursäkt för besväret, men antikvarien avbröt och frågade guldkalvens ägare om han visste att han försökte få själva originalet sålt. Ägaren skakade förbluffat på huvudet, och pupillerna i hans ögon blev stora som tallrikar.

En vecka därefter vaknade ägaren av att det knackade på dörren till hans lägenhet. Klockan hade inte passerat fem på morgonen och det var fortfarande mörkt ute, och när han öppnade dörren stod där en liten kort figur med knubbig näsa och pepparkornsögon. Det var en journalist, som hade fått nys om att originalet fanns någonstans och ville ställa några frågor till ägaren.

Ägaren släppte in den lille journalisten som, konstigt nog, var alldeles ensam. En sådan här nyhet borde spridas jättesnabbt, tänkte ägaren och frågade journalisten om

avsaknaden av sällskap från andra
journalister.

"Det gäller att vara först ut" svarade
journalisten medan han tog fram sitt
papper med frågor och sitt
anteckningsmaterial. Sedan började
intervjun.

Det vi hittills inte vetat om guldkalven
Dugg, är att han gjorde varje öga suddigt
som såg på honom. Och det märktes,
guldkalvens ägare hade fått nedsatt syn
sedan han köpt Dugg och betraktat
honom där han alltid stod på ägarens
hylla. Ägaren beslutade sig slutligen för
att sälja Dugg på antikvariatet, med sin
alldeles egen devis:
"Hellre än att äga något man får dålig syn
av, hellre äger jag något jag inte kan se."

En ängels bageri

Direktören hade precis smakat på den i Sveriges historia godaste kanelbullen. Den fylliga, omsorgsfulla smaken av kanel, det generöst bakade brödet och den särskilda mängden pärlsocker gav direktören ett fullkomligt rätt i sitt konstaterande.
"Ingen diskussion, det här är Sveriges godaste kanelbulle!" hade han sagt.
Det var något speciellt med den härliga kanelbullen som direktören inte kunde sätta fingret på. Därför skickade han några små människor till att ta reda på svaret på det direktören inte kunde sätta fingret på.

De små människorna letade och letade efter ett svar på det frågetecken som direktören hade böjt till.
Först gick de små människorna till ett MC-gäng, och frågade om det var de som hade bakat eller visste hemligheten med Sveriges godaste kanelbulle.
"Nähä!" svarade MC-gängledaren, "Vi kör motorcykel – bara på raksträckor, inte i rondeller!"

De små människorna gick vidare och
frågade statsministern, men han svarade
att de inte har små klumpiga kanelbullar i
regeringen utan att de hade
mandatperioder.

De små människorna gick tillbaka till
direktören. Att hitta vare sig bagaren eller
hemligheten bakom Sveriges godaste
kanelbulle hade visat sig vara svårare än
de trodde.
Men direktören hade något annat i
kikaren. Han ropade på sina bagare av
Sveriges godaste kanelbulle och ställde
sedan fram sig själv: de var alla änglar.

Styrkepunkten

En svag man kastade sig ner framför
fötterna på en stor konung. Den svage
mannen hade precis avslutat en lång
vandring och precis kommit upp på den
höga och tjocka väggen där den store
konungen satt, med sina bara fötter.
"Var är mina skor?" frågade den store
konungen.
Den svage mannen ryckte axlarna – för att
lägga dem i rätt läge då de var mycket
spända.
"Jag gjorde som du sa, men det gick inte
riktigt som jag hade tänkt mig."
"Inte riktigt?!" Den store konungen lät
rasande. "Men var släppte du mina skor
då?"
Den svage mannen blev lite generad.
"Efter fyra varv, mitt på banan."
"Hämta dem!" befallde den store
konungen. Han lade därtill att den svage
mannen måste gå baklänges och räkna ner
från femton varv till fjärde varvet och
sedan fortsätta med att räkna från fyra till
femton. Däremellan skulle den svage

mannen hitta den store konungens skor.

Sagt och gjort, snart var den svage
mannen ute på banan igen, och han
hittade den store konungens skor redan
efter ett halvt var, men han hade ju fått
stränga order från den store konungen att
inte röra skorna förrän han hade gått elva
varv baklänges för att – på något sätt –
sudda ut de senare varven och sedan fylla
på med dem igen när han hade hämtat
den store konungens skor.
Varven på den två mil långa terrängbanan
gick, det ena efter det andra, och den store
konungens skor svepte förbi den svage
mannens fötter gång på gång, gång på
gång. Till slut var den svage mannen nere
på fjärde varvet. Han tog upp skorna, och
började gå igen – han skulle ju upp från
fyra varv till femton igen, framlänges, och
den store konungen var en väldigt otålig
person.

Ett tag därefter hade den svage mannen
kommit upp till femton igen, och efter en
lång klättring uppför en hal och mossig

mur, kastade han sig framför den store
konungens fötter – den här gången,
lyckligtvis, med den store konungens skor
i hand.
Nu hade den store konungen tagit på sig
ett par mjuka tofflor, för att skydda de
valk-lösa fötterna, och han sa till den
svage mannen: "Ta på dig skorna!"
Den svage mannen blev lite irriterad.
"Har jag gått alla dessa varv förgäves?!"
"Inte alls", svarade den store konungen
resonligt.
Sedan behövde den store konungen inte
säga något mer, det syntes på den svage
mannen att allt var solklart.

Det fanns ett syfte med att göra det den
store konungen gjorde med den svage
mannen. Nog gjorde den svage mannen
skäl för sin titel i denna berättelse: hans
rygg var böjd som nedre delen på en
soppslev, fötterna var klumpiga och
släpade i marken hela tiden och
vandringen gick långsamt. Jag är säker på
att halva Stadsbiblioteket i Göteborg hade
räckt till de böcker som berättade om den

svage mannens resa bit för bit! Den svage
mannen var mycket väl medveten om alla
sina brister, men nu levde han även med
vetskapen: "Ur min svaghet kommer
styrkan fram."

Att sy ett förhållande

Det var en gång en väverska som alla tyckte om. Hon var en helt underbar människa, enligt många, och ansågs vara den hårdast arbetande i landet. Hennes omsorgsfullt vävda tyger hand i hand med hennes milda och vänliga jargong var omtalad på alla håll och husknutar – alla ville vara vän med den underbara väverskan.

Men det var något som väverskan ofta satt för sig själv och grubblade över: hon kunde inte hitta någon man. Hur den underbara väverskan än öppnade sig och visade sitt liv för alla de män hon träffade, blev det aldrig något mer än bara vänskap mellan den underbara väverskan och varje enskild man.

Så småningom tröttnade de underbara väverskan på sitt rätta jag, efter att ha öppnat sig själv så mycket för andra. Därför kom hon snart fram till att hon borde förändra sig själv för att uppfylla kraven som hustru.

"Jag måste börja sy", sa väverskan till sig själv.

Kort därefter hade den underbara väverskan satt söm på sina tyger, och gav dessutom mig som författare rätt att vidare i denna berättelse kalla henne för "den passionerade sömmerskan".

Den passionerade sömmerskan hade blivit mycket skicklig på att sy (därtill kan tilläggas att hon dessutom anställdes av kungen som sömmerska), men hon hade okcså blivit desto mer stolt och nonchalant gentemot andra människor, och sakta men säkert kapades vänskapsbanden till flera av dem som beundrade hennes förra jag. Det hände sig dessutom att den passionerade sömmerskan blev allvarligt sjuk, och hennes liv gick inte att spara på. Till slut var det bara hälften av henne – det vill säga hennes underbart vävda tyg – som fanns kvar.

Vi gör oss till hela tiden för att bli accepterad som person av våra medmänniskor, men vi förstår inte att det är bättre att vara det den passionerade väverskan – nu kallad den vänskapliga designern – var från början, nämligen oss själva. Den nu vänskapliga designern gladdes därför åt att hon fick en andra chans, då hon blev levande igen, och sedan levde långt inpå ålderdomens höst.

Dela lika

En fattig man hade precis anlänt till en liten, liten stad med en ännu mindre familj som bodde där. Surt sörplade han i sig det saftiga brödet han doppat i kall, nästan smaklös, soppa.

Kvinnan som stod i köket var i undre medelåldern och bar en brun stickad klänning och två förkläden. Mannen blängde på henne, där hon stod med ryggen vänd mot honom.

"Att den där kvinnan skulle släpa med sig hit upp" tänkte mannen.

I många år hade de levt tillsammans, varit gifta sedan ungdomsåren utan att egentligen vilja det, och de såg på varandra med en illa dold irritation i blicken.

De hade kommit till en familj i norra Europa, men kvinnan skulle prompt laga mat till sin man. Mannen hade vid det här laget hunnit se en skymt, en liten del, av familjens matsedel, men saliven som vattnade hans mun vid tanken försvann snabbt när han fick veta att det som

vanligt skulle bli frugans osmakliga soppa med knappt färdigbakat bröd till.
"Som om maten är vår enda länk till varandra", tänkte mannen.
Då familjen, vänligt och med största möjliga omtanke, hade valt att hålla sig till sin egen mat efter kvinnans förfrågan, blev soppan och brödet middagen för den fattige mannen och hans lilla fru.

Pappan i den omtänksamma familjen i en av Europas nordligaste delar, drog en djup suck över lukten som spred sig från den fattiga fruns soppa.
"Gubben bränner sig om soppan inte hinner svalna", sa den fattiga frun.
"Vad är det som skall föreställa samhällsansvar?", tänkte den omtänksamma pappan.

Allt var så tokigt i den omtänksamma familjen med de två inneboende. Och än idag är samtliga kvarvarande med den obesvarade frågan:
"Vad gör vi åt fattigdomen?"

Del 3: Dikterna

16. O hjälte!
17. Frukt-ans-värd
18. Djup
19. Vågor
20. Vad är det för speciellt?
21. I en uppochnervänd värld
22. Den starka drycken
23. Unik
24. Käke slagen
25. Tillväxt
26. Vägen till ljuset
27. Du är ju min like
28. Rättvisa går framför honom
29. Varför inte komma ut?
30. Gud ser ett dop
31. Grodan
32. Såningsmannen sår ordet
33. Stanna och halka
34. Fönstret
35. En enhet
36. Vem försöker jag lura?
37. Han är min Herre
38. Göm dig ett ögonblick
39. Tidlöst
40. "Solo"
41. Senor
42. Kungen i Nordlandet
43. Steg
44. Den frikostige
45. Han ber om mig
46. Utan slut

Katten sänder stilla ut sin sömn

Katten sover;
sänder stilla ut sin sömn.
Som en boll,
ligger katten där
med ögon slutna.

Magen rör sig;
-upp och ned;
katten lever i en annan värld;
-i drömmarnas värld,
där ligger hon och blundar.

Katten sover,
morrhåren sträcker ut sig
och täcker hela kroppen.
Som en boll
ligger hon där;
katten sänder stilla ut sin sömn.

Tillflykt

Låt oss göra en utflykt,
låt oss upptäcka på egen hand!
Låt oss gå vilse
i den här världen,
låt oss fara till främmande land!
Låt oss göra en utflykt.

Vi flyr ut,
sjunger vår sång för vår frihet.
Vi gör en utflykt;
-världen ligger utspänd
framför våra fötter!
Låt oss göra en utflykt.

Men vägen är full av gropar;
-vi kommer inte fram.
Vi har gjort vår utflykt,
vi vet inte vart vi ska'.

Kristallklart vatten

Min Gud, du är Gud
-skaparen av allt,
all grönska utgår ifrån dig.

Vattenfallet forsar ner
-på din befallning-
skogen växer
-på din befallning.

Kristallklart är diamanthuset
-likaså vattnet en vindstilla sommarkväll.
Kristallklara är dina befallningar
-du blir aldrig missförstådd
av din skapelse.

Vattenfallet forsar ner
-på din befallning,
du Skaparen av allt.

Lyspunkten

Ett svart hål
med ljus i;
Ett luddigt hål,
en lucka av moln,
lyser på himlen.

Det sänder ut allt ljus,
den torkar allt vått
på marken.

Ett svart hål med ljus i
försvinner.
Ett luddigt hål,
en lucka av moln,
finns inte mer;
-kvar finns bara månen.

Är de i himlen?

Gammelmormors mor
och gammelmormors far;
-säg, var är de?

Gammelfarfars far
och gammelfarfars mor;
-säg, var är de?

Säg mig, är de i himlen?
-så att de varit där i hundra år,
utan att kunna riket utantill?

Gammelfarmors mor och
gammelfarmors far;
-säg, var är de?

Gammelmorfars far
och gammelmorfars mor;
säg, var är de?

Säg mig, är de i himlen?
-så att de varit där i hundra år,
utan att kunna riket utantill?

Gammelmormors mor
-och gammelmorfars farfar,
säg, ser de mig
där uppifrån
-att jag sitter och filosoferar?
Sitter de i sällskap med
gammelmormors mormor
-säg mig,
är också hon i himlen?

Ljus på min stig

Det lyser vart jag går,
jag har lykta för min stig.
Jag ser stigen framför mig,
jag har lykta för min stig.

Men säg,
varifrån kommer denna lykta?
Säg mig vad det är?
Vad har jag för lykta
på min stig?

Jag vet inte,
men jag viskar tyst:
Ordet är mina fötters lykta;
-och ett ljus på min stig.

Födelse

Se, han avlar ondska;
han går havande med olycka;
han föder lögn.

I vrede uppfostrar han;
i ovilja ser han till sin lögn.
Ett oönskat barn;
-ingen vill ha en lögn.

Men se, sådan är inte Gud.

Lögnuppfödaren
faller i sina egna fällor;
ondska kommer på hans egen hjässa.
Gud är god,
och han föder godhet.

Min plats i Göteborg

Det smakar sött i munnen.
Här är det grönt;
-träd växer åt olika håll,
och skapar en grönskande atmosfär.

Folk skriker av glädje
och eufori;
-här går transporterna fort.
Höger, vänster;
upp och ner;
runt omkring;
-för att sedan stanna
på precis samma ställe.

Det smakar sött i munnen;
grönskan slår ut
åt alla håll;
folk skriker ut sin eufori.
Mitt herrskap, här är mitt Liseberg.

De störtade

Deras plan blev deras fall.
Vi tar det från början.

"Vi har en plan",
säger de,
"som skall få målet på fall!"
De lyfter planet högt
och ger det vingar;
som en jet
skall planen störta
över de oskyldiga, goda.
Men de har inte fler än ett;
-ett plan.
En plan.
Deras fall kom på båda planen.

Deras plan blev deras fall.
Nu tar jag inte om det.

Ett krossat huvud

Huv'et krossas mot marken;
foten ligger tungt ovanpå.
Huv'et krossas mot marken;
genom ögat
han låter inälvorna gå.

Marken ligger tätt mot huv'et;
sakta tappar varelsen livet.
Marken ligger tätt mot huv'et;
ett helt liv
skall aldrig tas för givet.

Huv'et krossas mot marken;
-sakta mister varelsen sitt liv.
Marken ligger tätt mot huv'et;
Evas avkomma krossar en orm
-till sitt tidsfördriv.

Ang. dagens besked

Själv antar jag ingenting;
-men jag vet däremot
att jag själv är antagen.

Som man säger...

Jag klädde mig i säcktyg,
men jag blev ett ordspråk
för dem.

Jag fanns till,
men de använde mig bara
till svordom.

Jag försökte passa in,
men mitt namn
är bara nå't man säger.

När semestertiderna återvänder

Trafiken blir farlig:
-när semestertiderna vänder hemåt.

När semestertiderna återvänder
sitter bilarna fast i vägen.

Sommaren är slut;
-därför vänder tiderna tillbaka.
Semestertiderna återvänder;
-därför fastnar bilarna.
Ingen vill ha å' göra med arbetstiderna
när det tar slut med semestertiderna.

När semestertiderna byter plats
med arbetstiderna;
går bara E6:an framåt.
När semestertiderna återvänder
sitter bilarna fast i vägen.

En illa dold hemlighet

Ljuset faller stilla ned;
-vart det är på väg
skall du inte fråga mig.

Sågar det av trädtopparna,
är det ingenting jag vet.
Gräver det hål på ett berg,
så fråga inte mig.
-Jag vet ingenting.

Ljuset faller stilla ned;
-men det vet jag inte om.
Det enda jag vet om,
är att jag ser något.
-Nämligen ett ljus
som stilla faller ned.

Ja, jag ser ett ljus:
Det sågar av trädtopparna,
och gräver hål på ett berg.
Men, som sagt,
detta vet jag inte om.

En snabb skrivares penna

"Min tunga är en snabb skrivares penna."

Han dikterar;
jag skriver.
När jag talar,
har han skrivit ner i förväg.
Min tunga är en snabb skrivares penna.
Bläcket fastnar på bladet,
pennan krafsar mot underlaget.

"Min tunga är en snabb skrivares penna";

-han dikterar;
jag skriver.

O hjälte!

O hjälte!
O hjälte!
Fäst svärdet vid din sida,
visa din höghet och majestät!

O hjälte!
O hjälte!
Fäst svärdet vid din sida,
tala om för folket
att du är Kung!

Frukt-ans-värd

Herre,
du är mitt allt.
Du låter mig bära frukt,
är högt ansedd
och värdig mitt lov.

Fruktansvärd är du,
Herre.
Jag tittar upp och ser dig.

Fruktansvärd är Herren,
värdig att fruktas av alla.

Djup

I det djupaste djupet
under vattnet,
kom hjälpen:
I det mörkaste av mörka djup,
sträcktes ned en hand.

Ner, i världens vakuum,
kom hjälpen:
Där andning är minst möjligt i världen,
sträcktes ned en hand.

I havets djup,
kom räddningen från Herren.

Vågor

Havets vågor gick höga;
-Herren hade talat.
Från bottnen
steg vattnet upp;
-Herren hade öppnat sin mun.

Av Herrens ord,
reste sig vågorna;
vattnet blev högt,
och slog ner många människor.
Herren talade igen,
och människorna började gå.

Från bottnen
steg vattnet upp;
-av Herrens ord
reste sig vågorna.

Vad är det för speciellt?

Vad är det för speciellt;
-med hälsokällan i Bergslagen?

Vad är det för speciellt;
-med ett kungligt slott?

Vad är en resa med tåg
-att det går så fort?
Vad är väl staden
som tåget åker ifrån?

Vad är väl ett köp
av en flaska kolsyrat vatten;
-vad är väl en Sveriges hufvudstad?

I en uppochnervänd värld

I en uppochnervänd värld
kör flyget i reducerad hastighet
-på grund av luftarbete.
I en uppochnervänd värld
lyfter tåget
-efter uppnådd maxhastighet.

I en vänd värld uppochner
åker bilarna baklänges
-med anledning av vänstertrafik.
I en värld vänd uppochner
cyklar man med hjulen på huv'et
-på grund av utebliven vinterväghållning.

I en uppochnervänd värld,
tror man på Gud;
-av rädsla för hans vrede och hat,
men i en värld vänd uppochner,
är han precis densamme
som i en värld
vänd åt rätt håll.

Den starka drycken

Vinet smädar,
starka drycker larmar;
raglande går den
som fått för mycket.

Uppochner vänds bilarna,
för alla som kör druckna;
vinet smädar,
starka drycker larmar.

Ett förfärligt tjut hördes,
kroppen sade ifrån,
och vinet slog larm.
Omkull trillade den arma kroppen;
-den som fått för mycket.
Vinet smädar,
starka drycker larmar.

Som ett vasst svärd,
glider vinet ner i allas strupar

-detta, till trots,
att det smakar gott.
Men den starka drycken
får alla på fall;
-vinet smädar,
starka drycker larmar;
ingen som raglar av det är vis.

Unik

Du är unik;
-helt olik alla andra,
skapade Gud dig.
-Helt olik alla andra,
skapade Gud din *tunga*.

Som ett unikt fingeravtryck,
skapades din tunga;
-till att uttrycka saker,
på ett sätt som bara *du* kan.

Du är unik;
din tunga är helt unik.
Lika unik som ett fingeravtryck,
skapade Gud din tunga.

Käke slagen

När skall jag vakna?
-Jag vill ha mer!

Ett kraftigt slag
vidrörde min kind,
därefter min axel;
-men jag kände ingenting.
När skall jag vakna?
-Jag vill ha mer!

De trodde de kunde få mig på knäna,
och de slog till:
-Men jag kände inget.
De lösa slagen
fick mig att vilja ha ett till:
När skall jag vakna?

-Jag vill ha mer!

När skall jag vakna?
-Jag vill ha mer!

Tillväxt

Jag går hem från jobbet
-och hjälper sjukvården.
Jag går hem från jobbet
-och hjälper apoteken.

När jag får min influensa,
göder jag med läkemedel.
När jag får min influensa,
sätter jag klirr i kassan;
-hos farmaceuterna.

Jag köper medicin;
-och farmaceuterna gläder sig:
Jag kurerar mig
-om ej underhåller min förkylning -
och får hela apoteket att le.

Tillväxten blir större;
-jag når inte till toppen.
När jag blir sjuk,
har det blivit dags å' vårda den.

Vägen till ljuset

Herren är pålitlig och god:
-därför visar han syndarna vägen.
Synden hamnar i mörker;
-gärningsmannen kommer i ljuset,
och får se Herren,
den pålitlige och gode.

Du är ju min like

Men du är ju min like,
min vän och min förtrogne
-vi gladdes åt att gå;
sida vid sida.
Vi såg våra fienders fall,
och skrattade;
de snubblade över
sina egna snaror.
Stora volter slog de,
när de flög i fallet;
-det då de fick oss att le.

Du är ju min like,
vi gladdes åt att gå;
sida vid sida.

De trillade omkull,
och vi vred oss i skratt;
-ingen annan än vi hade lyckats.
De andra vännerna
splittrades och skiljdes åt;
de såg aldrig mer varandra.
Men du är ju min like,
min vän och min förtrogne.
Vi gladdes åt att gå
sida vid sida.

Ja, vi gladdes åt att gå;
sida vid sida
i skaran
-den lyckliga skaran –
tillsammans, i Guds hus.

Rättvisa går framför honom

Rättvisa går framför honom;
fred och välgång i hans spår.
Som med stora hästar,
ger han sig av,
och ut i strid.
Skriker ut order till sina underordnade:
"Gör klart för strid!"

De slåss, de vinner:
De segrar!

Jag vill höra vad Gud säger;
jag vill höra
den store Segrarens röst;
han som bär fram sina trogna,
han, framför vilken all rättvisa går.

Varför inte komma ut?

Varför inte komma ut?
Alla dessa paddor
-gjorda med endast
en framsida och en baksida till form -
är inga hoppande grodor i bäcken;
-bara tunna skärmar i knä't.

Varför inte komma ut?
Vadan allt tjat om WiFi
-när spindlarna bygger hundratals nät,
mellan skogens träd?
Varför blir näten fler?
-Jo, ingen springer
ute i skogen längre.
Vi har lärt oss,
att det i skogen inte finns

bra mottagning
-trots stora och små spindlars
byggande av ständig uppkoppling
mellan naturens pelare.

Vi söker bra mottagning
-trots att vi knappast brutit bena':
Sjukvårdar'n ser ingen
fysiskt skadad längre,
ty alla är inne med paddor och nät;
-varför inte komma ut?

Gud ser ett dop

Vem ser ett dop?
Hur långt syns
de ynka droppar
som landar på huvudet?

En kan blunda och missa det,
men ej ens i himlen
missar någon en människa som döps.
En kan blunda och missa det,
men Gud i himlen ser allt.

Vem ser ett dop?
En kan blunda,
andra kan se det,
men inte ens Gud i himlen missar det.

Grodan

En liten groda springer ett lopp.
Springer, springer, springer, springer.
Fötterna vidrör marken i en rask takt;
gruset rusar förbi under grodan.

En liten groda springer ett lopp.
Det guppar, det guppar;
det guppar, det guppar.
Den lilla grodan
får en stöt av marken;
-gång på gång,
gång på gång.
Det slår den lilla grodan;
-att den inte alls springer ett lopp:
Man kommer inte långt
-på en enda sko i storlek 37.

Det slår den lilla grodan;
-att den snålskjuts får;
-på en sko i storlek 37.

Springer, springer, springer, springer:
Det guppar, det guppar;
det guppar, det guppar.
-Gång på gång.
Gång på gång.

Såningsmannen sår ordet

Såningsmannen sår ordet.
Han plockar;
-plockar ordet ur sin säck,
och strör ut det.
Ordet växer,
och utan att bli en lång mening,
växer det,
och låter mig bära frukt
i hundrafalt och tusenfalt.

Ordet växer;
-utan att bli en lång mening,
för att lägga den meningen i mitt liv.

Stanna och halka

Stanna och halka.
Innan du går vidare,
vill vi se dig halka.
Det är lag på det.

Stanna och halka,
då slipper du skolka.
Jobb och studier,
-det är väl viktigt!

Stanna och halka.
Vi har lagen på vår'an sida.
Innan du går vidare,
vill vi se dig halka.
Stanna och halka.

-Då slipper du skolka.

Fönstret

Jag ser ett fönster:
Genom mitt fönster ser jag ett annat,
mycket mindre fönster
-dock med en omgivande byggnad
som håller det lilla fönstret
stabilt i sin famn.

Jag ser en människa i fönstret:
I den kalla byggnaden med tjocka väggar
skymtar jag en gestalt;
en mycket avundsjuk sådan.

Jag ser ett fönster.
Jag ser en människa.
Jag ser en avundsjuk gestalt.
Hon är avundsjuk, ty där hon sitter
förändras ingenting.
Men där jag sitter, byter väggarna färg
från dag till dag.

En enhet

I en kyrka av enhet,
fattades en del:
I en kyrka av gemenskap,
gick en själ.

Den gick till en gemenskap,
som ej kan hittas på denna jord:
Själen är inte längre kvar i vår värld,
den finns ej längre kvar hos oss.

I en kyrka av enhet,
fattades en del:
I en kyrka av gemenskap
och sammanhållning,
gick en själ.

Vem försöker jag lura?

Vem försöker jag lura?
-Jo, mig själv.
Vems skalle slår jag in i;
-att Gud är långt borta?
Jo, min egen.

Vem försöker jag lura?
-Han låter moln stiga upp;
Herren är den som låter det regna.
Vem försöker jag lura?
-Jo, mig själv.

Han är min Herre

Han är min Herre, han är min Gud;
tecknet är ett barn i ett stall.

Herren är min Herre,
Gud är min Gud;
-julen firar vi med stor glädje.

Gud är min Herre,
Herren är min Gud;
vi hör klockorna klinga,
nu öppnas boken
-med glädjens bud.

Göm dig ett ögonblick

Kom, mitt folk,
gå in i era kamrar
och stäng dörra':
Göm dig ett ögonblick.

Stäng dörra';
-göm dig ett ögonblick:
Göm dig ett ögonblick,
till dess vreden har gått förbi.

Tidlöst

Dygnet och klockan diskutera'
hur de skall sin evighet spendera.
Dygnet och klockan e' inte modlösa;
-de har ingen tid att slösa.
Tiden har gått sin väg;
dygnet och klockan – klockan och dygnet-
är tidlösa.

Dessa två följaktligen diskutera'
hur de skall sin evighet spendera.
Ty evigheten finns
hos dem båda,
till att bygga upp deras hydda.
Tiden har gått sin väg;

dygnet och klockan – klockan och dygnet-
är tidlösa
-och där de sitter i sin lilla hydda,
är de evighetsfyllda.

"Solo"

Ensamhet drabbar den lille gossen:
Ingen sitter vid honom på bussen.

Han är "solo", han har ingen;
-ingen, som ser hans namns betydelse.
Han är "solo",
ingen sitter vid hans sida.

Senor

Jag drar på mina senor
tills jag blir sen.
Jag är sen;
-jag drar på mina senor.

Jag är sen,
mina senor är utdragna
som urtrasslade spagettiklumpar.

Jag är sen;
mina senor förbjuder mig att säga mer.

Kungen i Nordlandet

Kungen i Nordlandet
skall inta en välbefäst stad:
Kungen i Nordlandet skall ta
vad som tillhör honom,
tveklöst intar han staden.

En välbefäst stad intas
av Kungen i Nordlandet:
Alla får inte plats i en bur,
ej heller går någon in mellan galler.

Kungen i Nordlandet
skulle inta en välbefäst stad:
Kungen i Nordlandet

skulle inta vad som var hans.
En välbefäst stad kunde aldrig intas;
den hade inget att stå emot.

Steg

Sakta jag går nerför trappuppgången,
sakta jag ser mig omkring
i filosoferande tankar.

Sakta jag möter natten,
med klar och öppen blick.
Sakta jag;
-som är katten-
tackar Gud för de nio liv jag fick.

Den frikostige

En rik affärsman
ger ifrån sig allt vad han har.

Pengar, klockor, möbler.
-Allt ger affärsmannen ifrån sig.
Han ger människor sin tid
-dygnet kan inte ge en bråkdel
av den tid
som affärsmannen ger ifrån sig till andra.

Affärsmannen ger sitt hjärta;
-ingen kan förstå
den mannens entusiasm inför
alla främmande ansikten.

Kollegor frågar:
"Vad ser du glädjen nånstans?"
Men affärsmannen himlar med ögonen.

En rik affärsman
ger ifrån sig allt han har.
Han är inte åpen,
tar endast en bråkdel av vad han ger,
det enda han har kvar,
är allting han ger.

Han ber om mig

Till länderna i norr säger han:
"Ge hit!"
Till länderna i söder säger han:
"Ge henne till mig!"

Från fjärran land
-långt uppe i norr-
hör jag honom ropa till mig.
-Söderifrån ber han om att få se mig.

På havet kommer hans rop,
svävandes ovanför ytan.
De kommer som på en flotte,
och stannar framför mina fötter.

Han ber om mig:
Från söder ropar han,
till norr går hans meddelande:
"Ge hit dig och låt mig få se dig!"

Utan slut

Vår, höst, sommar
-Gud är alltid god.

Vår höst, vår sommar
-Gud är alltid god.

Se'n kommer vintern;
-vår vår, vår sommar och vår höst
har kommit till ända,
men på Gud finns ingen ända;
-Gud visar endast gestalt
på sin varje dag nya nåd.

Tryck och förlag: BoD (Books on Demand)
ISBN: 9789176991268